AF200619

Frederic Hormuth

100 Gründe
warum du kein Klopapier hamstern musst

Das Buch für Prepper, Shopper, Hamsterkäufer

Bibliografische Information
der Deutschen Nationalbibliothek:
Die Deutsche Nationalbibliothek verzeichnet diese
Publikation in der Deutschen Nationalbibliografie;
detaillierte bibliografische Daten sind im Internet über
http://dnb.dnb.de abrufbar.

Foto: Sven Klügl

Herstellung und Verlag: BoD – Books on Demand,
Norderstedt

ISBN: 9783751901758

„Die entscheidende Frage ist doch: Wie hat es so weit kommen können, dass wir an einem Punkt angelangt sind, wo man sagen muss, hier sind wir."

Matthias Beltz

VORWORT

Die Menschheit steht mitten in einer riesigen Krise und was machen Deine Nachbarn? Kaufen Dir das Klopapier unter dem Hintern weg.

Clevere Selbermacher, die nicht jeden Tag mehrfach unter der Dusche Handstand machen wollen, greifen deshalb zu diesem vorliegenden Druckerzeugnis.

Schneiden Sie die folgenden Seiten ordentlich aus und bunkern sie als hygienische Rektalreserve. Noch wird man Sie dafür auslachen. Aber Ihre Stunde wird kommen, wenn es heißt „Wischt du noch, oder kapitulierst du schon?"

Gerne dürfen Sie dieses Buch auch in Großauflage erwerben und verschenken, denn die nächste Pandemie, der nächste Weltuntergang oder der nächste Bohneneintopf kommt bestimmt.

Ansonsten können Sie es immer noch als Notizbuch verwenden.

Danke an die vielen Menschen, die dieses Buch, meinen Beruf und das inspirierende Drumherum erst möglich gemacht haben. Zuallererst meiner Frau Nicole für diese ganz große Durch-Dick-und-Dünn-Sache. Meinem Sohn Jannik dafür, dass er mir die Welt erklärt. Meinen Eltern Heinz und Gunda für ihre Begeisterung seit gefühlt hundert Jahren. Meinem Agenten und Manager Daniel Bertsch für gute Ideen und den unermüdlichen Kampf. Meinen Regisseur Lutz von Rosenberg Lipinsky für den Input und den feinen Schlagabtausch. Sven Klügl für die vielen Fotos. Und der Mannheimer Klapsmühl' am Rathaus für die Treue.

www.frederic-hormuth.de

Grenzfrequenz Künstlermanagement
Daniel Bertsch
Obere Milbe 36-38
74821 Mosbach

www.grenzfrequenz.de